Que faut-il, ô Mortels! Mortels il faut souf-
frir,
Se soumettre en silence, adorer & mourir.

F I N.

PROFESSION DE FOI PHILOSOPHIQUE.

A AMSTERDAM,

Chez MARC MICHEL REY.

Et se trouve à LYON,

Chez LES FRERES PERISSE.

1763.

PROFESSIÒN DE FOI
PHILOSOPHIQUE.

JE crois en un feul homme, génie tout puiffant, Créateur d'un monde nouveau, d'êtres de raifon vifibles & invifibles, lumiere de lumiere, & fils unique de la vérité.

Heureux d'être régénéré en lui & par lui, je crois qu'il fait tout, & que les hommes ne favent rien, qu'ils font tous néceffairement corrompus & égarés par la fcience, & que lui feul a été perfectionné par elle, que nous devons brûler tous les livres, & que nous devons admirer tous les fiens.

Je m'unis de cœur & d'esprit à ses sentiments, lorsqu'il m'interdit la pensée, & que lui-même accumule les raisonnements; lorsqu'il proscrit les arts les plus utiles, & qu'il cultive les plus frivoles, qu'il se constitue le champion de la vertu, & qu'il compose un roman voluptueux, qu'il s'éleve contre l'usage de l'éloquence, & qu'il parle sans cesse son langage, qu'il s'enflamme d'un saint zele pour la décence, & qu'il regrette que les filles ne dansent pas toutes nues avec les garçons.

Il soutient que les loix ne sont bonnes à rien, & il en crée; il méprise la religion & il la professe; il nous renvoie dans les déserts, & il n'y a plus de déserts; il déteste toute société, & il se plaint avec fureur lorsqu'on l'en éloigne; il prétend que l'homme sauvage est parfait, & il écrit quatre volumes sur l'éducation : & je n'ai jamais ceffé d'être d'accord avec lui, autant qu'il l'eft avec lui-même.

Il affectoit un mépris public & décidé pour une nation célebre, & il habitoit chez elle par préférence ; il l'outrageoit & la calomnioit , & il n'étoit occupé qu'à fe défendre de fes bienfaits ; il honoroit & vantoit fa patrie , & il la fuyoit volontairement ; il a defiré pour la premiere fois d'y rentrer , précifément au moment où il l'avoit forcée de lui fermer fes portes ; il a ofé, pour ainfi dire, l'exiler loin de lui, & fe vanter qu'il n'étoit pas en refte avec elle , tandis que loin de la fervir , il a toujours dédaigné de vivre dans fes murs ; & j'ai admiré conftammeit fes nobles contrariétés.

Il difoit que nous n'avions point de mufique, & dans le même temps, notre mufique étoit tranfportée avec fuccès dans le fein même de l'Italie;

qu'il n'y avoit point de vertus dans notre société, & les étrangers de tous les pays, ne ceſſoient d'accourir chez nous pour jouir de toutes les vertus ſociales; que nous étions eſclaves, & lui-même le plus fier partiſan de la liberté, habitoit par choix dans nos foyers : que nous n'avions point de patrie, & nous offrions alors à la patrie les ſacrifices les plus éclatants & les plus héroïques dont l'hiſtoire faſſe mention : toujours inébranlable dans ma croyance, je n'ai point héſité d'aſſurer avec lui que nous n'avions ni muſique, ni vertus, ni liberté, ni patrie.

Je ſuis fermement perſuadé qu'il a rendu au genre humain un ſervice ſignalé, lorſqu'il a enſeigné l'art de corrompre une jeune fille, & de l'entraîner aux plus grands excès par les preſtiges d'une fauſſe philoſophie; lorſqu'il a repréſenté une femme auſſi tranquille qu'avilie, comme un modele unique de vertus, & un mari méchant & infame fans motif, comme un exemple rare d'honnêteté; lorfqu'enfin mêlant avec tant d'adreffe la vertu & le vice que l'œil le plus fubtil ne peut les difcerner, il a appris aux hommes à marcher fans ceffe fur le bord des précipices, à careffer le danger & non à le fuir, à mourir paifiblement, en nourriffant jufqu'au dernier foupir une paffion adultere, & à faire de la philofophie l'opium du remords & le calmant de la confcience.

Il affure que tout eft mal dans l'homme vivant en fociété, *& que le bien de l'un fait néceffairement le mal de l'autre*, la fociété devroit donc fe diffoudre, & cependant elle ne fe diffout point, elle exifte de tout temps, j'en conclus que les hommes ne fentent rien; elle eft tranquille, les hommes font donc des lâches; elle eft chérie de tous ceux qui la compofent, & ils n'afpirent qu'à la maintenir, je foutiens à la face de la terre, que tous les hommes font infenfés ; & les myfteres les plus démentis par l'expérience ne fauroient ébranler ma foi inaltérable.

Avec quelle ardeur n'aurois-je pas fui dans les forêts, & brouté feul les herbes & les racines ; je le défirois, j'étois prêt à voler au bout du monde; heureufement mon maître n'a pas jugé à propos de m'en donner l'exemple ; ma raifon n'étoit alors qu'une néceffité démontrée de ne point ufer de ma raifon ; je regardois le défir de fe reproduire , & les foins de la tendreffe paternelle , comme autant de préjugés de la nature corrompue ; je confidérois les femmes comme créées uniquement pour fatisfaire un befoin honteux , je croyois devoir les fuir auffi-tôt après le moment phyfique ; mon

maître l'ordonnoit, j'obéiſſois aveuglé-
ment.

Bientôt après il m'apprit à les aimer
avec emportement, avec fureur, au
point d'attenter ſur ma propre vie,
& ſur celle de l'objet aimé ; il me fit
ſucer à longs traits le poiſon de la
volupté, il me montra dans les paſſions
ſatisfaites, le chemin de la plus haute
vertu, ſans s'embarraſſer ſi je ne m'ar-
rêterois point dans les premiers pas
de cette route périlleuſe & ſéduiſante :
ſa morale ſublime me plût encore
davantage, lorſqu'elle me fit voir un
homme vertueux & paſſionné pour
deux femmes enſemble, & en préſence
l'une de l'autre ; je conçus alors le
projet d'être philoſophe, c'eſt-à-dire,
d'aimer toujours la femme d'autrui,
de me le reprocher ſans ceſſe & de
ne m'en corriger jamais, & d'en aimer auſſi deux à la fois, lorſque j'y
trouverois du plaiſir, ſous la condi-

tion pourtant d'en être toujours bien fâché.

Tout à coup celui qui m'avoit autrefois ordonné de fuir toute espece de société, vint me recommander d'y vivre comme n'y vivant point, en pur automate, sans l'aimer, sans la servir, & sans lui nuire, & de borner tout mon bonheur à la jouissance assidue de ma propre femme, & à l'instruction de mes enfants dans ces mêmes arts & ces sciences qu'il m'avoit forcé d'abjurer.

Je fus étonné, je l'avoue, mais rebuté par les obstacles d'aimer la femme d'un autre, & lassé des contradictions éternelles de mes principes & de mes actions, je proteste que je me résignai sans murmure à la nouvelle doctrine de mon maître, assuré, comme je l'ai toujours été, qu'il ne pouvoit me tromper.

J'allai donc travailler chez un menuisier, & dans mes heures de loisir, je fréquentai une jeune fille, avec qui ses parents me permettoient des privautés assez amusantes, quand je me crus bien aimé, je la quittai exprès pour faire un long voyage, je revins enfin, je me mariai, je savourai les douceurs de mon nouvel état, me gardant bien de servir en rien ma patrie, que je ne reconnoissois pas pour telle; j'eus un enfant, & je m'en tins là, parce que dans les principes de mon maître, il eût été trop difficile d'en élever plusieurs.

Cet enfant étoit fort & robuste, & je m'en félicitai, parce que c'est la force du corps qui fait le vrai sage; & comme j'étois certain qu'un enfant ne peut pas former un seul raisonnement jusqu'à l'âge de douze ou treize ans, je crus qu'il étoit indispensable de commencer son éducation dès le berceau: la conséquence saute aux yeux.

D'abord je le fis rouler pendant long-temps dans un pré ; enfuite pour l'exercer à la raifon, je le foumettois par la force : je prenois plaifir à feindre de l'ignorance & à me faire méprifer de lui, afin de lui infpirer plus de refpect & de confiance ; enfin toute fon inftruction n'étoit qu'un tiffu de petites fupercheries de ma part, qui ne pouvoient que le difpofer merveilleufement à l'amour de la vérité.

J'avois grand foin d'exercer le corps de mon fils aux fouffrances, pour le rendre plus capable d'y réfifter dans tous les temps de fa vie, & j'évitois attentivement de fortifier fon cœur & fon efprit par de pareils exercices : je préparois fon ame par le repos, comme fon corps par la fatigue ; peut-être n'étois-je pas conféquent ; mais l'obéiffance me tenoit lieu de raifonnement ; & je conduifois ce cher enfant fur les toîts des maifons, pour y faire des affem-

blages

blages de charpente ; mais je me gar-
dois bien de lui faire aſſembler des
penſées.

Une ſeule choſe m'inquiétoit , c'eſt
que mon maître n'avoit preſcrit aux
enfants aucune eſpece de devoirs vis-à-
vis de leurs parents ; je n'oſai donc lui
donner aucune inſtruction ſur ce ſujet ,
d'ailleurs ſi peu important ; je me bornai
ſimplement à lui inſpirer une vive ten-
dreſſe pour ſa nourrice & d'en faire ſa
compagne le reſte de ſa vie , à la maniere des princeſſes grecques.

Pour ne point perdre de temps , je le
conduiſois adroitement à trouver de lui-
même en un mois , ce que j'aurois pu
lui faire comprendre en quelques minu-
tes. Il étoit déjà Méchanicien , Aſtro-
nome , Phyſicien , Géometre , Deſſina-
teur , & il n'avoit encore nulle idée
d'un Être ſuprême ; il eût été trop difficile de lui dire : qui eſt-ce qui a fait
tout ce que vous voyez ? Cet Être s'ap-

çelle Dieu : il vous a donné l'exiftence à vous-même ; vous lui devez donc de la reconnoiffance. Il comprenoit très-b̓en cent problêmes de géométrie ; il n'auroit pu former cette fimple réflexion: c'eft ce que mon maître a prouvé invinciblement à fa maniere.

J'attendis de même avec prudence l'âge où les paffions fe développent avec la plus grande force, pour dire à mon éleve : mon fils , il faut apprendre à vous vaincre. Jufques-là je lui avois permis de fatisfaire toutes les paffions de l'enfance , pour le difpofer à combattre celles de la jeuneffe.

Enfin je lui enfeignai la Religion , c'eft-à-dire, à méprifer fouverainement celle de fon pays, que je reconnoiffois pourtant pour la meilleure de toutes : je lui appris que l'Evangile eft un livre divin & abfurde ; que la vie & la mort de Jefus-Chrift font d'un Dieu , & que fes dogmes ne font qu'impofture : toutes ces chofes fuivent néceffairement l'une de l'autre.

Je terminai fon éducation par quelques inftructions particulieres ; je lui dis : mon fils, l'iniquité des Chefs & des Magiftrats vous dépouillera peut-être demain de toute votre fortune ; c'eft une chofe qui arrive tous les jours, que je vois fans ceffe, & que je vois tout feul : il faut donc que vous appreniez un métier méchanique pour affurer votre fubfiftance ; je lui dis encore : vous avez atteint l'âge de raifon, vous êtes fouftrait par la nature à la puiffance paternelle ; vous pouvez à préfent méprifer fon autorité, parce que *vous êtes fans contredit plus affuré que vous vous aimez vous-même, que vous n'êtes certain que votre pere vous chérit.* Cette belle regle de mœurs peut vous être d'un grand ufage : au refte, fi quelqu'un vous infulte, je vous invite à l'affaffiner ; le confeil eft dur, mais il est conforme à la belle nature. Je suis bien aise aussi de vous prévenir que vous pouvez épouser la fille du bourreau, au cas qu'elle vous convienne ; mais comme dans mes principes il ne faut pas faire un choix légérement, débutez vis-à-vis de cette charmante personne par de longues assiduités, & prenez garde que quelque fils de Roi ne vienne vous l'enlever.

Il est très certain, & je suis forcé d'en convenir, que tous les hommes qui pratiquent sincérement la Religion chrétienne, sont vertueux ; cependant gardez-vous de croire & de pratiquer cette Religion : c'est un point essentiel de votre éducation, & j'ai cru devoir en faire un long article ; il n'est rien de tel pour multiplier la vertu, que d'en diminuer les motifs. Ayez pour unique frein votre propre conscience, quoiqu'il soit bien prouvé que les scélérats ont aussi une conscience, lors même qu'ils font le plus fcélérats. Si votre ame eft libre & tranquille, votre confcience parlera bien haut & vous l'entendrez : fi les paffions vous agitent avec violence, fa voix fera foible, étouffée anéantie, vous ne l'entendrez plus ; ce fera la faute de votre confcience : vous obéirez à vos paffions & vous n'aurez rien à vous reprocher ; le principe eft donné par mon maître, il ne peut défapprouver la conféquence qui en réfulte néceffairement.

Après ces inftructions falutaires, j'abandonnai mon fils à lui-même : je ne dirai pas ce qu'il devint, on le devine affez.

Satisfait d'avoir une poftérité philofophique, mon efprit s'eft confirmé plus que jamais dans fa croyance : j'ai pris le télefcope de mon maître, & je protefte que je n'ai vu dans la fociété *que la plus vile canaille & les valets feulement un peu moins méprifables que les maîtres; j'y ai vu régner tous les vices excepté ceux qui demandent du courage.* Je suis juste pourtant, & je crois devoir diftinguer les voleurs de grands chemins de cette foule de lâches fripons. Je déclare que je n'ai jamais eu de bonnes fortunes, & que toutes les femmes font des Laïs: j'ai reçu des bienfaits fans nombre de la part des hommes, & je foutiens que tous ceux qui m'ont obligé, font des fcélérats; s'il y avoit une feule exception, le fyftême de mon maître feroit anéanti, il rentreroit dans la claffe des idées communes, qui fuppofent les hommes mélés de vices & de vertus.

Le vulgaire dit: plus les hommes font éclairés, plus ils font foumis aux loix; les loix font donc bonnes. Plufieurs nations ont changé leur gouvernement, aucune n'a voulu retourner à l'anarchie; l'anarchie eft donc le plus grand de tous les maux: l'état de fociété impofe

une multitude infinie de devoirs ; l'exiftence continuée de la fociété fuppofe
donc plus de devoirs remplis que de devoirs violés : par-tout où les hommes fe
recherchent & s'approchent , la fomme
du bien l'emporte donc fur la fomme
du mal.

Et moi je profeffe hautement que bien
loin d'avoir de bonnes loix , *nous n'a-*
vons pas même une définition du mot de
loix ; qu'il eft impoffible que l'homme
foit injufte , lorfqu'il peut l'être impu-
nément ; que tous les hommes vivants
en fociété s'égorgent fans s'en apperce-
voir , & que ce font les peuples policés
qui ont inventé l'art de rôtir les hommes à petit feu & de les manger ; & je
dis anathême à ceux qui penfent autre-
ment.

Je tiens pour certain que lorfque les
loix ont dit : gardez vous de nuire à
perfonne : rendez à chacun ce qui lui
eft dû ; elles ont néceffairement cor-

rompu tous les cœurs ; & que lorſque la Religion nous a commandé de faire à autrui tout le bien qui eſt en notre pouvoir & d'aimer notre prochain comme nous-mêmes , elle a ouvert la porte à tous les crimes.

Je déclare que la liberté indéfinie eſt un bien inaliénable de l'homme , quoique l'homme l'aliene ſans ceſſe , partout & volontairement. Je ſoutiens que le premier qui a dit : je promets , je m'engage , ainſi que tous ceux qui répetent ces termes horribles , ſont autant de violateurs de la nature humaine. Je ſoutiens que le lâche qui oſe dire : je ferai telle action , ou je m'en abſtiendrai , parce que je le dois , blaſphême baſſement contre la dignité de ſon être; car s'il y a un ſeul devoir naturel , la liberté infinie n'exiſte plus : s'il y a un devoir contracté , la liberté eſt aliénable : j'anéantis ainſi d'un ſeul coup toute ſociété , tout gouvernement , toute loi

révelée ou naturelle ; car la loi naturelle a auſſi ſes devoirs , & la loi ci-
vile n'eſt que ſon interprete, & je m'é-
crie : liberté , liberté ; & ſi quelqu'un
vient me dépouiller de mes biens ou
m'arracher la vie , il s'écriera auſſi :
liberté , liberté.

Et je me joins à mon maître , lorſqu'il appelle les peuples autour de lui
& qu'il leur dit : inſenſés que vous
êtes , vous avez donné à vos Souve-
rains les noms de Grand ; de Bien-aimé,
de Juſte , de Sage , de Bon , de Pere
de la Patrie & du Peuple , de délices
de l'Univers , & je viens vous déclarer
qu'il n'y a jamais eu un Roi qui ait
gouverné pour l'utilité publique ; que
tous arrivent au trône méchants , ou
que le trône les rend tels.

J'écoute mon maître , je l'admire ;
il prononce , & les faits diſparoiſ-
ſent.

Mais ſi la liberté abſolue eſt eſſen-

tielle à tout homme, elle l'eft plus encore au Philofophe : il convient que
celui-ci puiffe tout dire & tout écrire,
que perfonne n'ait le droit de lui répon-
dre, & que ceux qui l'oferoient, il
puiffe les traiter à fon choix d'étourdis,
de fots, de fripons, de menteurs ou
d'impies : le defpotifme orgueilleux qui
le faifoit frémir, deviendra l'appanage
de la philofophie ; il imitera les foudres
de la Religion même qu'il veut anéantir, & tiendra les hommes profternés
devant la terreur de fes jugements.

J'avoue que Socrate, Platon, Arif-
tote, Defcartes, Newton, Locke n'ont
jamais eu cette prétention d'infaillibilité
exclufive & d'autorité irréfragable : ils
cherchoient, ils doutoient, ils propo-
foient, ils ne fe conftituoient pas info-
lemment feuls juges dans leur propre
caufe ; ils fe regardoient humblement
comme membres de la fociété humaine
qu'ils refpectoient ; ils n'afpiroient point

à en être les tyrans ; ils attendoient leur
fuccès & leur gloire du fuffrage libre de
leurs femblables : imbécilles célebres,
ridiculement décorés du titre de Philo-
fophes , ils ne connoiffoient ni leurs
droits , ni leurs fonctions ; le croira-t-
on ? Ils n'ont jamais dit au public qu'il
étoit *un fot.*

La Philofophie étoit encore dans l'enfance ; elle rampoit , elle élevoit fa voix
avec modeftie ; elle fe bornoit à des
raifonnements fimples , clairs & précis ;
elle ne parloit qu'à la raifon ; elle ne
vouloit qu'éclairer & intéreffer en faveur
de la vérité ; elle n'étoit que l'art de
penfer & d'inftruire.

Aujourd'hui elle regne , elle comman-
de , elle tyrannife ; elle éblouit , éton-
ne , épouvante , fubjugue ; elle affecte
les figures & les ornements du difcours ;
elle féduit par l'imagination , les fens &
les paffions ; elle n'eft qu'enthoufiafme ,
infpiration , fougue , violence & délire ;

ſes opinions ſont des dogmes, ſes déci-
ſions des oracles, ſes raiſonnements des
myſteres : paradoxe, ſingularité, bizar-
rerie, orgueil, audace, fanatiſme même, tout lui eſt bon, pourvu qu'elle
faſſe du bruit : elle renverſe, elle dé-
truit les monuments les plus reſpecta-
bles de l'eſprit humain ; elle leur ſubſti-
tue des coloſſes imaginaires, des fantô-
mes aëriens, des monſtres brillants ;
elle réduit en cendres les loix, les bi-
bliotheques, les trônes & les temples ;
elle s'aſſied fiérement ſur les débris de
tout ce que les hommes avoient de plus
cher & de plus ſacré ; tous les ſiecles
humiliés ſe proſternent ; toutes les géné-
rations humaines ſont enchaînées à ſes
pieds : les ténebres univerſelles avoient
couvert juſqu'à elle la face de l'abyſme,
elle tire le monde du cahos.

Telle eſt la magie de ce génie ſublime & tranſcendant que j'adore, reſtau-
rateur ou plutôt créateur de la philoſophie ;

phie ; & pour opérer tous ces prodiges, il ne lui en a couté que quelques phrases.

Il a crié sans cesse : vertu , liberté , vérité ; & des hommes vertueux attirés par ces mots , les seuls qu'ils entendissent dans ses écrits , ont accouru en foule & se sont laissés conduire par-tout où il a voulu. Les méchants se sont dit tout bas : cet homme-ci nous délivre du joug des loix & de la religion ; il réduit tout à la conscience qui ne nous dit rien ; qu'attendons-nous de mieux, joignons-nous à lui ; cependant il disoit : je mépriserai tous ceux qui ne croiront pas en moi ; les sots se sont hâtés de dire : nous croyons en lui , & le troupeau des sots est devenu tout-à-coup le troupeau des illuminés ; la multitude s'est écriée : il parle trop bien, pour ne pas penser de même ; le plus éloquent des hommes doit être le plus sage ; le plus décisif doit être le plus éclairé ; le plus audacieux eft fans doute le plus fûr de fon fait : on eft tranquille avec lui , on ne doute plus , on décide , on prononce , on fait tout en lifant quelques volumes ; on acquiert à peu de frais le droit de méprifer comme lui le genre humain paffé , préfent & futur , & il eft plus commode & plus fûr de fe réunir au parti qui s'eft arrogé exclufivement le privilege de dire des injures.

L'affertion audacieufe en impofoit aux uns ; l'énergie terraffoit les autres : ceux-là étoient féduits par le charme du langage , ou confondus par la fublimité de l'orgueil ; ceux-ci tomboient embarraffés dans les filets de la dialectique , ou s'égaroient dans le labyrinthe des fubtilités & des infinuations artificieufes : quand les preuves manquoient , l'ironie amere , le farcafme véhément , l'invective éloquente , l'exagération emphatique venoient y fuppléer : nulle quef-

tion n'étoit préfentée en face ; toutes
n'étoient apperçues que par quelqu'angle ifolé : les circonftances incommodes
étoient écartées fubtilement ; la comparaifon des deux termes fe faifoit toujours du fort au foible , & fe décidoit
ainfi au gré du differtateur ; tous les
rayons de lumiere étoient raffemblés
fur un côté de l'objet, les autres faces
étoient adroitement couvertes d'un voile
ténébreux ; la fuppofition la plus abfurde prenoit infenfiblement la confiftence
d'une démonftration en forme ; l'abftraction victorieufe s'élevoit fur les ruines de l'expérience.

On peignoit vivement lorfqu'on ne
pouvoit démontrer ; on défiguroit l'objet réel , on colorioit avec éclat l'objet
fantaftique qu'on vouloit lui fubftituer :
les faits étoient manifeftes, il ne s'agiffoit que de voir, on fermoit les yeux
fur leur évidence : l'imagination créoit
à leur place des Etres qu'on n'a jamais

vûs, qu'on ne verra jamais, des fauvages accomplis, des Emiles incomparables ; toute poſſibilité, toute impoſſibilité même ſe réaliſoit ſous une plume ardente ; la nature ſeule étoit conſtamment oubliée ; les hommes ſe taiſoient, parce que le raiſonnement n'a point de priſe ſur une fauſſeté évidente, parce qu'il faudroit des volumes de bon ſens ennuyeux, pour réfuter quelques lignes d'abſurdité ſublime ; ils voyoient tranquillement la philoſophie traverſer l'océan des opinions humaines, paſſer au delà de la ligne de la vérité, & aller chercher les erreurs nouvelles dans des régions inconnues, & ſous un pôle nouveau, ériger toutes ſes phraſes en principes, l'art de raiſonner en commandement de croire, & l'enthouſiaſme d'un côté & la crédulité de l'autre, multiplier les philoſophes comme les ſables de la mer.

O ſiécle de lumiere ! ô jours brillants de la philoſophie ; un nouveau jour m'éclaire, une ſainte inſpîration m'éleve au deſſus de moi-même, & je m'écrie avec mon maître : nous avons des paſſions & des vices, nous n'avons donc que des vices & des paſſions ; la liberté de faire le mal eſt diminuée par les loix, nous n'avons donc point de liberté : notre conſtitution politique entraîne des abus, dèslors tout eſt abus ; notre éducation a des défauts ; elle eſt donc toute corrompue ; les philoſophes ſe ſont trompés ſouvent ; ils ſe ſont trompés toujours ; nous avons des arts frivoles & pernicieux, ils le ſont donc tous ; il reſte à l'homme ſauvage quelques conſolations & quelques dédommagements, il eſt donc l'être le plus ſage & le plus heureux ; l'homme livré aux exercices du corps, en devient plus fort & plus robuſte, l'homme qui médite, eſt donc un animal dépravé : oui , je le répéte à la face de l'univers , je tiens pour inconteſtables toutes ces conſéquences adoptées par mon maî- tre , & j'en jure par ſon éloquence.

Je verrai le mal & le bien néceſ- ſairement mêlés par tout dans les cho- ſes humaines , & je dirai avec lui que tout eſt bien dans l'état de nature , & que tout eſt mal dans l'état civil : la ſociété ſera floriſſante , & je gémi- rai , l'harmonie y régnera , & je n'y verrai que deſordre , les peuples n'au- ront jamais le bon ſens de retourner à l'anarchie , & je ne m'en conſolerai point ; l'inſtruction , la conſolation , l'é- dification ſeront répandues par les mi- niſtres de la religion ; & je ne le ver- rai pas ; les magiſtrats rendront la juſtice au peuple , & je dirai que le peuple eſt ſans ceſſe opprimé ; la ſcien- ce fera chaque jour des découvertes nouvelles , & je ſoutiendrai que la ſcience n'exiſte pas ; les richeſſes prodigueront les bienfaits , & je dirai qu'elles ne font que du mal : je verrai des actes de vertu ſans nombre , & j'aſſurerai qu'il n'y a point de vertu ; les hommes ſe rechercheront ſans ceſſe , & je leur ſoutiendrai qu'ils ſe haïſſent ; ils ajouteront à leurs liens naturels & civils , mille autres liens volontaires , & j'affirmerai qu'ils étoient deſtinés à s'éviter & à ſe fuir ; les matériaux des arts leur ont été préſentés par la nature , je dirai que leurs arts ne font qu'une corruption de la nature ; ils uſent des facultés & des bienfaits qu'ils ont reçus de l'Etre ſuprême , ils font donc coupables envers lui ; ils ont cultivé la terre , ils ont fait un crime.

Et je déclare hautement que tous les hommes font eſſentiellement égaux , qu'Achille & Therſite ne différoient point en force & en courage , que Catilina & Caton , Neron & Titus avoient précisément les mêmes mœurs , que les nains & les géants font exactement de la même taille , & qu'ainsi l'inégalité entre les hommes n'a pu avoir sa source dans la nature.

Je déclare encore que le premier homme qui a dit à un autre , je ne prétends rien au champ que tu cultives , fut un scélérat , & que le premier qui dit à son semblable , je renonce à la liberté de t'égorger , fut un monstre.

Au reste , on sait assez que Corneille , Descartes , Mallebranche , Fénélon , Pascal , la Rochefoucault , & les autres savants de cette trempe , étoient souillés de toutes sortes de vices : en conséquence , je suis intimement convaincu que toutes nos académies sont des pepinieres de voleurs & d'assassins , que tous les filous sont extrêmement adonnés aux lettres & aux sciences , & que Cartouche devoit être le plus beau génie de fon fiécle ; c'eft une juftice que perfonne ne lui refufe aujourd'hui ; car fi les fciences corrompent les mœurs, le premier des fcélérats doit être inconteftablement le premier des favants ; & je prouverai, s'il le faut, que dans les fiécles d'ignorance, par exemple, fous les regnes de Frédégonde & de Brunehaut, les François étoient tous vertueux, & les mœurs dignes de l'âge d'or.

J'exhorte folemnellement les hommes à détruire la race des abeilles & des caftors qui nous ont donné le pernicieux exemple de vivre en fociété, de maffacrer fans pitié la tendre tourterelle, exemple contagieux d'un amour conftant, & d'anéantir l'efpece innombrable des chiens, modeles infames d'une amitié fouvent héroïque ; & nous nous bornerons à imiter le tigre indompté & le lion rugiffant.

Et j'affirme avec mon maître que

le genre humain depuis fix mille ans qu'il exifte, n'a pas produit un feul raifonnement jufte, que les hommes ont penfé & agi conftamment & univerfellement contre leur nature, que les loix font ennemies des hommes, que je brife leur joug, & que le fophifme doit prendre le fceptre en main, & régner fur la terre jufqu'à la confommation des fiécles.

Tels font les articles principaux de la doctrine toute célefte, que je profefferai jufqu'à la mort, & que je fignerois de mon fang, s'il étoit néceffaire; foumis de cœur & d'efprit, j'ai demandé à mon maître: qui es tu ? Il m'a répondu, tu vois en moi le génie des contradictions, le fléau de l'évidence & l'inventeur des remedes impoffibles pour les maux qui n'exiftent pas.

Et je me profterne devant lui, en attendant que quelque gouvernement éclairé lui dreſſe des ſtatues comme les Romains ont élevé des temples à la fievre : Ainſi ſoit-il.

¶ On a cru pouvoir combattre des ſyſtêmes outrés & dangereux, ſans ceſſer de reſpe&er la perſonne, les mœurs & les talents d'un homme de génie, ſéduit par ſon imagination contre les principes de ſon ame & les penchants mêmes de ſon cœur : on ſe fait un devoir & une gloire de reconnoître dans ſes Ouvrages une multitude infinie de penſées utiles, vertueuſes & admirables, autant qu'elles ſont ingénieuſement & fortement exprimées ; mais le mélange du bien ne ſert qu'à rendre le mal plus contagieux : les conſidérations particulieres doivent ceſſer, lorſque la ſociété eſt attaquée juſques dans ſes fondements, lorſque toutes les vérités utiles aux hommes ſont ébranlées, lorſque la philoſophie n'eſt plus qu'une exagération abſurde & univerſelle, qu'une inondation de principes arbitraires qu'on n'entend pas, & que l'on prouve encore moins, qu'une affe&ation ſophiſtique de tourner le bon ſens en contreſens, & le délire en raiſonnement ; il eſt permis, ſans doute, alors d'élever ſa voix. L'agreſſeur du genre humain doit s'attendre à quelques repréſailles.

Amicus Plato, magis amica veritas.